Sidney C. Franco

CARTAS DE VIDAS

O Caminho de Todos

2ª edição

São Paulo

08/11/2019

Cartas de vidas
©Direitos reservados

CEP: 05207-080 São Paulo – SP
E-mail: sidneyfranco7@gmail.com

Concepção editorial: Próprio autor
2ª edição - 2019
Catalogação-na-publicação (CIP)

<table>
<tr><td>F825ca</td><td>Franco, Sidney Carneiro. 1962
Cartas de vidas / Sidney Carneiro
Franco. – São Paulo : Ed. do autor, 2015
124p.; 21cm.
ISBN 978-85-919402-0-2 (broch.)
1. Literatura brasileira – Poesia. Poemas.
I.Título.</td></tr>
<tr><td></td><td>CDD-869.1</td></tr>
</table>

Ídices para catálogo sistemático
Poesia: Literatura brasileira 869.1

Dedicatória

Criam-se laços das primeiras e grandes amizades na escola, e de quanta importância é que estas lembranças devam ser guardadas, mesmos a dos problemas e decepções. Eis aí o nascedouro do treinamento para a vida.

Sidney C. Franco

"Apressa-te a viver bem e pensa que cada dia é,
por si só, uma vida." Seneca

Apresentação

Não são máximas, embora se encontrem em cada halo de pensamento. Será deveras, a soma de teus holismos e não tantos os meus; e que vigorem as sendas e alamedas, na profusão de desejos e caminhos; cimos e providências do expressar nota por nota a composição de nossas vidas. Esta é a síntese de um poder acima de nós. Reconhecemos que sem este poder em nossas vidas, nenhuma linha poderia ser escrita. Somos dessa maneira os escritos da divindade, parte livre de verso e rima. Que marque o presente trabalho uma forma de olhar a vida e usufruir o melhor dela. Que seja mais um elo para favorecer novos horizontes, e levar à reflexão sobre múltiplos colmos do pensamento.

Sidney C. Franco

Sumário

Despertar

Quando verga pelas janelas o dia
E os suspiros do amanhecer
Convidam-te a sorrir
Ouve amor, louva a vida.

Na ladeira a subir
Na ribanceira a descer
A existência mortal de trabalho
De fadiga, de choro e anseios,
Misturam-se aos de simpatias.

Teu olhar é único
Com a visão que brilha com a luz
Onde cada parte tua se esforça.

Tens lúcido o íntimo?Então vai!
Extravasa alegria
Chama poesia nas orações gratas
Aos sons que ouves
Ao redor, onde reclinaste a fronte.

Sidney C. Franco

Ducal

Como uma águia bela e toda emplumada
Num voo rasante você me viu e atacou
Olhar profundo penetrando minha alma
Asas abertas eriçadas me abraçou.

Não me contive e me entreguei ao teu abraço
E nesse abraço eu fiquei ao teu favor
Sentindo as delícias de todos os teus beijos
Queria ser a tua presa como hoje sou.

Águia dourada de repente me atacou
Com os abraços e carinhos do amor
Águia dourada flor do Lácio
Canção do Solar da Fossa
Vitória regia que se expressa no falar.

Águia dourada ordena os morfemas
Sintaxes e classes, períodos e frases
Ordena as gírias e minúcias formais
Ipsis litteris in lexicais.

Cartas de Vidas

Águia dourada da terra roxa
Das caatingas e dos pinheirais
Disserta a rima infere os sintagmas
Temas de cerrados e frases de araucárias.

Águia da língua, águia do falar
Questionando tudo intensamente
Sem se dar conta do fazer
Por tantos transportes de prazer.

Sidney C. Franco

Paisagens

Não é um beijo roubado
Nem dissimulado, acredita-se
Mas veio em tempo
O recontar das espécies.

Não há píer na rua à espera de velas
Nem sereias errantes presas nos mares
Existe a busca por Iracemas
E o perfume do cravo e canela: Amado momento.

Chamem Helenas poesias
De contemplar entrelinhas
A visão que da flor percebe rimas
Na foz do Iguaçu quando o arco íris
Afaga a criança que a pouco chorou
Nas águas que levam os horizontes.
Cortam-se árvores todos os dias
E as florestas são consumidas
Cada vez mais a Terra fica nua
Em descompostura de seus elementos.

Parte para abrigar a vida, a madeira
Mais da metade para sacrifícios
E os holocaustos vão acontecendo
Em altares que atraem castigos.

Pois a devassa varre os campos de engorda
As mãos de machados em caos
E o que era sentido para a terra
Ficou deserto de glebas
Em revoltas de posses
Em leis de artifícios
Ditos roteiros de quem pode mais.

Sidney C. Franco

Parca

Pluralidade de vozes apareceram na Terra

E falaram de drogas e sangue

E espelhos de paz

Um cotidiano documentado em temas de jornais

A cada tempo de gerações perdidas.

E floriam os relatórios

E davam razão aos salários

Aos discursos, aos pesos, aos sufrágios,

E as flores eram obrigadas

Aos ornamentos do silêncio.

Que lições não aprendidas!

Ainda na tenra idade

Formaram esquadrões de arrastões

Tornados e redemoinhos

Batendo nos condomínios e casas.

Feriu a pedra sem foice

Pariu um grito sem riso

E tudo rendia lucro: peste e poemas corrompidos.

Mas vou passar e vou correr
Quero ver o amor dos bons dias
Amor das boas noites
Sair de Maringá até Paranaguá
Sem receio de venenos.

Pelo véu de Cascavel eu vou
Na dança de Roda aos pares
No chão de colorido sapateado
Coberto pelo céu até a Ilha do Mel.

Sidney C. Franco

Teen

Quero ver este céu

Este sol este mar tão lindo

Quero ver a manhã

A janela a porta abrindo

Quero todo mundo feliz

Sorrir pra vida qual chafariz

Não importa qual sua cor

O que conta mesmo é o amor

E viver outra vez, ser feliz.

Quero olhar e seguir

Lá no parque Barigui

Em sonhos com as dunas de Natal

No doce do Pão de Açúcar.

Que me cerquem os circunlóquios

E venham Tarsilas e Brecherets

Dancem as Catiras e Fandangos

Observem o mestre Aleijadinho

Sereno apontando os anjos e Cristos

Meditando nas igrejas de Niemayer.

E se faltava venha Leminski
Filosofar das conjunturas e haicais
Das hortênsias e azaleias
Dos índices e dos amores.

E vieram os metaleiros pra entornar o forró
Também veio o boi bumbá
Donas Chicas de lenços na cabeça
Tecendo rendas em procissão de promessas
E os coretos agora elétricos
Desfilando em carnavais
Ao choro dos salgueiros do parque
E o caminho era o mesmo
Neste céu, nesse mar
Pelo tempo do nosso destino.

Sidney C. Franco

Maléstia

Nas estações do destino existem escadas
Umas sobem fervilhando de alegria
Dão risos... chamam contentamentos
Imperceptível ao nível de um ou dois pavimentos.

Se dissessem que o príncipe das letras
Está na Luz ou na Mata Cavalos não riem do tempo,
Pois a Via Láctea ainda brilha
Principalmente no carnaval de Bandeira;
E do térreo que é em cima da Boca Maldita
Acena respostas para Drummont: a Rua das flores.

Surgem as estrelas.
Oh! Que cheguem suas horas, pois o brilho é do Sol;
Em refletidos passos que apontam algum fonema,
De um tempo deixando escritos.

Jogam escrituras de posses?
De sobreaviso existem os grileiros.
Passai! Passem os Markets que acentuam consonantais,
Pra ficarem mais enigmáticos, mais dolorais.

Enigmático ao combustível sujo.
Ao sensual espartilho das prostitutas;
Idem aos sodomitas.
E os mestres em cinema que não contam suas células
Arquivadas na mídia em comunicação livre.

Os caminhos passam por Copacabana.
Mas o Rio não é São Petersburgo.
Avista-se a Serra com Palmas e Cachimbos.
Gêmeas personalidades
Ou imagéticas sonoras do reggae
Que esquece o Trem das onze.

Ah, as crianças voam e aprendem.
Plano piloto, gabarito de contas.
Crescem como mandacarus.
Outra Saga, outro tempo, outro vento.
Desferido no conselho dos estados desunidos;
Que imaginam serem absolutos donos;
Mas tropeçam nos horrores do povo
E aceitam lavar as mãos
No ouro negro que acaba com os mares.

Sidney C. Franco

O Flautim

Pode ser fábula que investe o fazer

A inocente estrada de ir até você

E por meio das manhãs e tardes alegres

Quem sabe um flautim queria eu ser.

Ser sonoro de muitas notas

Nos teus lábios tocando e tanger

Uma a uma das canções que moldaste

Tecendo-me em tuas mãos, flautim quero ser.

Em reflexos agudos, em trinos suspenses

Em arrebates sublimes que te põem a subir

Como em estrada em festa

Ou num desejo de sonho dormir.

Mas sendo parte de corpo que dançam por notas

As notas diriam pelo risonho flautim

Que a verdade é bela e amiga

Berço de um codinome

Na beleza de um colibri.

Armorial

Demonstre-se intensamente pelos beijos

O armorial dessas armas

Polidas peças reluzentes graças.

Pelo ouvir dos pássaros

O amor concebido e festejado

Pela manhã que desperta.

Pela fricção do rosto e o resto do corpo

A cadência majestosa da vida.

Pelo resvalar dos músculos

Toda a veste não mais que a do paraíso.

E por transmutações de sombra e luz

No afagar de delícias a flor rosa da libido.

Pois os rios passam e deságuam

Seus leitos no tempo e no espaço.

Sidney C. Franco

A Canção da Rima

Como fugir dessa docilidade

Como não seguir a tua claridade?

Deixar de mirar a brisa linda

De vagar pela estrada infinda

Quando nas letras brilha o teu nome

Num intenso desejo a palavra imita.

E no chamar um toque aparece

Faz-se na terra um céu

Quando se ergue toda ninfa

Entrecortadas de delícias

É assim a canção de tua rima.

É como dar-te o melhor de tudo

O amparo dos abraços sinceros

Um feliz encontro como tão esperada chuva

Uma ansiedade por uma chegada

Um claro momento por uma pousada

A sala de aula: um olhar que fala

E de outro ângulo por beleza ímpar

Mirar-te nas questões propostas

Revolucionar as reflexões compostas.

Deus seja este um horizonte feliz

Em cada despertar do dia

Como as notas do flautim

Superpondo melodias.

Um louvor divino aqui bem perto

Como perto é o tempo de lembrar a hora

Que os minutos são precisos enredos

Que compomos também acertos

Ainda que o impreciso medeie a fala

Supere a intenção e os preceitos com graça.

Sidney C. Franco

Mosaico

Posso imaginar milhões de pontos

Que formam cada foto

Que formam cada quadro

E trazê-los como um redemoinho

Recompondo o teu rosto pelas ruas por onde ando.

Ver o teu sorriso emoldurado

Como se fossem as árvores em cada caminho

E ainda não contente pediria que os jardins

Exalassem o teu olhar

E logo as flores levariam um nome

Um nome de jasmins

Numa recorrência à canção das flores.

Mas as imagens são voláteis

E no espectro vão se esvaindo

Qual folha solta que ondeia

Nas asas do vento até pousar no chão.

Cartas de Vidas

Mas que maravilha saber que brotam renovadas

E renascem por cada aludez

De palavra texto e assimilação

Expresso de forma tão simples no celular

Que quando resgatada uma pergunta

Mesmo a resposta sendo: tudo bem

E exulto desejando a contra resposta.

O apego do dia, como labirinto

Um enredo de frugalidade

Um mosaico de felicidades

Passagens por Hollywood

Ou febres da Vila Madalena

Mil abraços passados em sobriedade,

Nada de loucura, e sim esquinas, esquinas

Cartas de vidas... Iluminadas.

Sidney C. Franco

Na Canção

Um olhar, um céu

Um caminho, um sorriso e um véu

Que inexiste e circunda o azul de um mar

Que levanta as ondas ao você passar

Na miragem que se faz ouvir

Está escrito o sorriso, pintado e amigo

Que acelera a calma e refaz com a calma a alma.

É, é magia do que é sentir

Ontem e hoje é descobrir

A alegria desse chamar

Na canção brilha o brilho

E bate insistindo a vida esperando você chegar

Para ver novamente o teu olhar.

Céu - num segundo alegria exibida

Como um quê debrincando ainda

Argumento de sonho realidade suponho

Que ainda existe razão para tudo

Inclusive a razão do amar.

Trampolim

Hormônios e harmonias plenitude e antagonias
É assim a evolução destes dias
Calma de paz e também rebeldia
De si per si de só você
Entre muitos que passam.

Na raiz do teu nome dois sufixos se ligam
Como moléculas, genes e interdigos
Somos assim atingidos
Você nos encontra e quer explodir
Mas... desperte a parte raiz
E saiba dos sufixos como amigos.

Do teu nome é bonito às vezes não entender
Você existente falando, olhando...
Com o arco íris das tuas sobrancelhas
Fazendo insinuações
Extremando paráfrases de observações
Para depois sorrir e... nem imaginar...
Como seríamos nós sem você.

Pode a chuva cair e o sol brilhar
No nosso meio você é mais
Carinho que o céu nos dá.

Sidney C. Franco

A Letra

O que tem a letra com a vida
O que tem a letra com a cor
O que tem a letra com o sangue
Com o suor, com o sorriso, com o amor?

Ao olhar são pinturas nas páginas
Quando dispersas são folhas sem vida
Não têm paixão, nem alegria, nem tristeza,
Não têm razão, não têm valor.

Mas quando juntas formam alimento
Como fruto das gentes, do povo,
Como água refrescante do mundo
Como o néctar, como mel.

Mas quem colherá esta semeadura,
Esmagada pela opulência dos jogos?
Quem se fartará desta riqueza,
Esquecida pelo ócio dos bares?

Apanhai os cachos!Juntai os feixes!
Colhei os frutos!Uma duas ou mais letras.
Até os rabiscos fartarão a fome de ler
Pois a mente, a elas se juntam.

Cartas de Vidas

Qual fonte que transborda nos horizontes
Feito rio piscoso e belo.
Qual pensamento transformado em palavras
Em ação e movimento se ligam os elos.

Letras que me ensinaram a unir
A formar canções mesmo sem rimar
A escrever um bilhete num rabiscar
Romaria da existência ao se falar.

Dos que aprendem a aprender
Que não param nunca de se envolver
Com as flâmulas dos castelos das letras
Às vezes nos palácios de uma única inspiração.

Lerei para todos sobre a vida
Perto ou longe, nas horas, nos dias,
Dos reinos e impérios que já passaram
As letras nos trazem o legado.

Que é rica como semente preciosa
Que os milênios não apagam no tempo
Guardam os renovos que permanecem
Planta que é fecunda ao germinar.

Sidney C. Franco

Evoluir

Não podemos fazer o sol parar
Impedir o tempo de não andar
Não podemos deter as ondas do mar
Ou mudar as estrelas de lugar.

Não se pode escolher onde nascer
Voltar pelo tempo e deletar
Mas podemos viver e aproveitar
Podemos sentir e nos apaixonar.

Podemos olhar acima do mar
O brilho de estrelas na terra a marcar
Milhões de caminhos que alguém preparou
No tempo presente
Um só é o bastante, um só é o amor.

Amor da verdade e não da mentira
Não se esconde à noite em esquinas
Admite os erros e refaz o viver
Enquanto há vida se pode aprender.

Mais Valia

Nobre essência do sorriso
Inexorável brado de um pedido
No doce regaço de um brio
Instam-se do dizer o desejo

Haja a alegria do canto, e mais forte seja
E mesmo com o passar dos anos
A virtude, a que mais valia se renove.

Feito o romper de um dia glorioso
Pra você que te sustentas com firmeza
Os embates, rumores e temores,
Não te venceram.

Venham, pois o refrigério!
E a recompensa da certeza
De ter feito o que podias
Para ter das letras as canções.

Sidney C. Franco

Para ler as prosas os jornais as revistas,

Escrever a vida como um livro

Copiando as horas despercebidas

Transformando em poemas teus dias.

Mais valia o cansaço

Das preocupações dos horários

As perdas que se tornaram em ganhos

Os alvos compuseram sonhos.

Primeiras palavras escritas

Forma completa ainda desconhecida

Mas com o desejo de se igualar ao mundo

E romper o abismo do assombro.

Valeram as repetições

Até o isolamento das imbricações

Pra descrever o anseio das primeiras lições

Mas valia! Diga-se agora

Há um legado, há um tesouro,

Alcançaste a alegria da vitória

Pelo o sábio uso da vida que se renova.

O Mestre

Quero aprender o segredo talvez seja encanto

Que faz com que um mestre

Sem arma de fogo, sem fuzil ou canhão,

Sem cerrar as mãos, conduza um exército.

Os jovens, as crianças,

E até aos que se dizem velhos

Consegue tal mestre todos fazer marchar

E mesmo sem ter autoridade

Aos rudes faz milagres fazendo-os cantigas cantar.

Transforma os rebeldes em sábios

Os agitados em ordeiros como orações ao mundo

Como preces feitas nas carteiras

Aos alunos inspira o crescer

Cultivando o idioma para se escrever

A muitos faz a poesia nascer.

Quero aprender as grandezas

Como fazer uma rima mesmo sem ter papel ou tinta

Com a força da liberdade

Sidney C. Franco

Rompendo os caminhos da vaidade

Sem oprimir nenhuma mente

Ser água viva de uma fonte.

Quero aprender o contentamento

Transcrever um pensamento,

E que dele venha um alimento

Saboroso como uma fruta de época.

Provar a vontade da fala, ser uma trilha e um caminho,

Onde passam as sedentas mentes

Que leem que ouvem e que guardam

Até as brincadeiras de crianças

E não perdem a adulta realidade

De procurar viver com o bem.

O bem das palavras que extravasam a suma da vida

No interagir de vernáculos como diálogos supremos

Exprimindo contentamentos sem o gritar do mal entendido

Construindo o tempo de aprendizes

Dos mestres aprendizes que na língua pátria brilham

Cultivando as letras colhendo as palavras

Exercendo naturalmente a fala.

Lá no fim do túnel

É lá no fim do túnel
É lá que brilha ainda alguma luz
É lá que fica a chance
De novo o encontro entre o céu e a cruz
Da morte com a vida
Do sonho com o real
Do grito com o silêncio
O início com o final.

É lá no fim do túnel
E lá não há retorno para traz
É lá que fica o norte
De todos os teus pontos cardeais
Do riso com o choro
Da guerra com a paz
Da perda com o ganho
Do menos com o mais.
É lá no fim do túnel
Verdade e incerteza
O raso e o profundo
Mistério e proeza
Picos e declínios
Mentira e beleza.

Lá no fim do túnel
Uma existência, um ser.

Sidney C. Franco

Vitrais Encantados

Vitrais encantados na folha de papel

São colmos articulados

Pela razão de decifrar

Códigos, fala e povo,

As maneiras e o íntimo de cada alma

De cada parte da massa

Que está nas ruas, nas casas,

Nas lojas, nos serviços, em qualquer lugar.

Vitrais encantados que são renovados

Pelo tempo são relapidados

Pelos que os usam

Às vezes sufixados

Atreve-se a desferir os vernáculos diários

E a construir a lógica de expressões

Dão origens às teses

Participam da fúria e comemorações

Conversam com as crianças

Confidenciam por toda a vida

No falar como rio, riacho ou fonte.

São inibidos pelo ruído das máquinas

Extravasam-se nos intervalos

Nos recreios brincam de treinar

Estacionam à espera de uma vaga

Contra as drogas inventam e criam novas harmonias

Para expressar orações,

E no livro do dia a dia

Sem perceber fazem ligações

Elaboram os textos

Ora tristes, ora alegres,

Ora frios, ora acalorados,

Sórdidos ou relaxados

Santos ou profanados

Mas compõem

E às vezes quem assiste

Não se dá conta de que é autor.

Proposta

Quero achar a canção mais bonita

Uma canção que te faça sorrir

Assim você amaria a vida,

Não é uma verdade assim?

Sabe... pudesse tudo ser puro

Tudo sincero, tudo honesto,

Tudo que é de boa fama

Isso eu não me esquivaria em te dar

Por isso aponto mostrando um verso

Uma essência real que acerca tudo

Todos os teus passos todos os teus sonhos

Sonhos e passos

E é pra sempre de verdade

Mesmo se o metrô está lotado

Mesmo se chove demais...

Mas eis que são poucas palavras

Como um alento de paz

É assim: Deus te ama

Se você não percebeu nas teclas na digitação diária,

Cartas de Vidas

No cansaço que manda embora a ociosa vaidade
Que nos ronda e mina o silêncio da oração.

Nem todos leem, nem todos oram
As entrelinhas dos dias e noites
Pois digitamos a vida pelos anos
E a vida passa pelos milênios
E no presente desse ano quero ser mais amigo
Se eu falhar me perdoa
Mas a canção seja tua
Como o caminhar com Deus é em nós.

Sidney C. Franco

Retrato da Vida

Retrato que a vida impõe
Permanecer na moldura do tempo
E dentro de todo esse tempo
A mente será viva e frugal.

Entre os sonhos viver a realidade
Perseguir a luz na penumbra dos embates
Renascer das quedas pela vida
Antever o brilho da vitória que cativa.

Nas rotas imprevistas em meio a lida
Os pensamentos por certo ajudarão
Romper a perfídia que não ensina
Mas saúda com veneno de uma sina.

Ao menos ser um prenúncio
Uma nota no alvorecer da sorte
Como um forte ante os ataques de outros
Ser rocha, como paga ao próprio desdobro.

Houve o aprendizado de ficar triste
E a romper em gargalhadas e sorrisos
Porque não adquirir serenidade
Para cultivar a humildade?

Cartas de Vidas

Tal é a carreira do destino
Dos que se atrevem sobreviver
Vencer pelo menos um instante
A própria índole das desvirtudes conter.

Assim quem olhar este caminho
Verá esse contentamento, um sorriso quem sabe,
Acolhido na extensa estrada
Apesar de tudo, apesar dos espinhos.

Muitos passaram nesta vida
Mas poucos transmitiram o saber
O saber não se debruça no passado
Na verdade faz o presente acontecer.

O que é bom se ensina e nunca é roubado
A menos que se esqueça do aprendizado
Nasce-se buscando a vida
E que se viva buscando aprender.

Sidney C. Franco

Semente

Se plantares uma semente

E ela cheia de vida brotar

Lembra que a semente lançada na terra

Existe para germinar.

Toma isto por um exemplo

Semente é o pensamento

Brota no oculto, nasce na mente,

Até transformar-se em ação.

Pode vingar em segundos

Ou escondido no tempo ficar

Mas quando oportuno germina

E se torna pungente e viçoso.

Tal como uma delgada planta

Estará então existindo em forma

Dará o seu fruto ainda que seja um único

Resultados do pensamento.

Cuida que esses frutos

Alguém colherá

Serão doces e trarão alegria

Ou amargas sementes que farão chorar.

Canto de passarinho

Um canto de passarinhos
Desses passarinhos que ainda existem
Das muitas espécies nesse Brasil
E nem parece um canto
Parece um sorriso gentil
De criança que nunca cresce
Somente enfeita e alegra a vida
No calor de um dia de verão
Quando sujam as praias
Poluem os rios
Queimam e desflorestam os sertões.

Um canto que não é lenda
É realidade no terceiro milênio
Não é fóssil de outras eras
É a vida em meio a horrores.
Me acompanhará todos os dias?
Terei janela aberta para ouvir?
Terei olhos que não de domínio?
Para não prender, maltratar ou ferir?
Ou serei anjo humano infante
Com desejo de ser anjo humano adulto
Pra agradecer a Deus as vozes dos anjos
Emprestadas um pouco aos passarinhos?
Que faz parte da vida
Que faz do mundo meu ninho?

Sidney C. Franco

Escreve

Escreve teu nome com lápis depois com a caneta
Corrige se necessário alguma sutileza.

Grave na folha o teu nome todos lerão com certeza
Será nobre se quereres ou mera tinta de tristeza.

Escreve mesmo chorando, vais aprender sorrindo
Todos passam nesta ala: mestres, sábios e o destino.

Se esqueceres as letras ficarás sem os avisos
Os códigos se multiplicam, vagar na sorte é perigo.

Talvez respires alivio no caminho
Querências do pensamento.

Escreve no tempo as trilogias da volta ao passado
Resgata o renascer da vida, isto não é o acaso.

Deixa eu viver

Deixa eu ver os pássaros voando
Deixa eu ouvir mais o seu canto
E ver a beleza das suas cores
Amanhã talvez não existam mais.
Deixa eu ver a água cristalina
Água pura que não me contamina
Água que mata a minha sede
Amanhã talvez não exista mais.

Deixa eu te lembrar da minha vida
Das estações, do sol, do mar,
Onde inda floresce a canção intensa
E um coração disposto a amar.

Deixa eu me sentar com os famintos
Repartir com eles o meu grito
Lágrimas que se farão em riso
Momentos de consolo em oração.
Deixa eu viver sem violência
Não me humilhar pra delinquência
Não me esconder pelas esquinas
Amanhã talvez eu não exista mais.

Deixa eu te lembrar da minha vida
Das estações, do sol, do mar,
Onde inda floresce a canção intensa
E um coração disposto a amar.

Sidney C. Franco

Digital

Vejo você através do telefone
Um mesmo esforço
Um anjo correndo

Me chamando, Me advindo
Celeste conversa
Me falando, Me sorrindo

E sigo este curso, move-me o sentido
Entrevista de vida
Divino sinal

Um carinho que eu sei
Qual um vento do céu
Me abraçando, Me dizendo

E respondo Bom fim de semana
Me volte logo Meu anjo
E Nada de reticências ou ponto final.

Nossas mãos

Nossas mãos se dão amor
No parque na rua no trem
Em carinhosos abraços
Parecendo a raiz de uma árvore frondosa
Que se abraça ao solo procurando firmeza e nutrição.

E se através da raiz passa a seiva
Por nossas mãos seguem orações
Em sinceros cantos... agradecimentos
Por estarmos à sombra do amorável
Passeando pela Rua das Flores.

Já vai a contagem do tempo
E encontros ante o mar do horizonte
Feito pra todos, feito pra nós.

E os sons nascendo ao silêncio fazem coro
São vozes de anjos na escada que leva ao céu
E somos cercados por tanta brandura.
Na regência do Eterno seguimos o mesmo caminho
E a canção que era tristemente
Transmudou-se em luz e calor.

Procuro saber o nome desses momentos
Só me vem à mente: a vida, a força, a graça,
Pois somos a bela canção no jardim do amor.

Sidney C. Franco

Todo mundo

Todo mundo tem um sonho
Todo mundo tem um riso
Todo mundo tem um mundo
Suportável pelos riscos.

Todo mundo vai à luta
Joga e vence pelos ditos
Corre e no final encontra
Certo modo algum princípio.

Todo mundo quer carinho
Apostando algum sentido
Pra viver com todo mundo
Às vezes vai a mão de um amigo.

Todo mundo tem desejos
Um pequeno outro grande
Não pergunte qual será o meu
Talvez até não tenha nome.

Todo mundo quer na vida
Encontrar o seu destino
Por isso mesmo pé na estrada
Volta e meia eu não desisto

Cartas de Vidas

Todo mundo quer juízo
Pra comer e beber amigo
Quem devia dar o exemplo
Pegou a grana e deu sumiço

Todo mundo tem o seu dia
De encontrar a alegria
Mesmo que vá de carona
Maquiado em alquimia

Todo mundo tem sua estória
Não contada pelos livros
Quem esquece o seu passado
Tá com o futuro imprevisível

Todo mundo quer respostas
Ao poder incompreensível
Quem trabalha ganha pouco
Não vale pelo seu serviço

Todo mundo quer uma chance
De acordar no dia sem transe
E lá pelo final do dia
Dançar pelo que lhe foi ontem.

Sidney C. Franco

Veredas

Como pode ser que a poeira nas sandálias
Que por muitos passos em muitas caminhadas
Ao deixarem os pés empoeirados
Pudessem contar uma história?

Ou o suor, o cansaço, a fome, ou a sede,
Que em dias quentes, em que se deseja água fresca,
Poderem expressar misericórdia?

Como poderiam o entardecer com as fadigas do dia,
Ou as madrugadas quando o silêncio é soberano,
Em que os sons dos grilos
E o piscar dos vaga-lumes
São súditos a vaguear entre a escuridão,
E o céu, com milhares de estrelas,
Mostrando um espetáculo de brilho,
Testemunhar lágrimas e orações?

Sem o abrigo de um teto,
Sem uma cama para se reclinar
A abnegação se demonstrou.
Não houve bolsas, ou malas,
Nem armários, nem conta bancária.
Não houve vestes ricas, somente trajes comuns.

Não houve seções de cinemas
Nem horário nobre de novelas,
A moda não foi procurada.
Somente a postura ficou
E a flexão do verbo se fez doçura
A canção das palavras se tornou brandura
Quando a contar uma parábola
Outra metafísica se revelava.

Passam séculos e eras,
Reinos e principados,
Guerras e conflitos
Aversão à verdade,
O choro, gemido e os gritos.

Palavras simples mostrando o infinito
O visível e comum a perscrutar,
Avançando pela eternidade
Os ouvidos são de reis e príncipes
Os corações são dos contritos
Ou os céticos dos incrédulos
As decisões: tempo presente com resultados eternos.

Sidney C. Franco

Espelho

Quando o dia nasce já quero chegar

Quando o dia acorda já quero sair

Ver a luz primeira do teu olhar

A lembrança certa em ti pensar

Quando a porta abre surge você

A janela aberta é um rosto pra se ver

A luz do lustre é como sentir

Tua presença amiga que me faz sorrir

A escada é um meio pra te alcançar

Subo e desço onde você estará?

Talvez no resto dessa canção

Ou na sacada alegre do coração

No quintal ainda a balançar

O balanço bonito do teu andar

Vindo bem na minha direção

A mão miragem me estende a mão

O espelho de novo volta a avisar

 A atenção que ainda você está

Na cadeira na sala ou no sofá

Como me chamando pra conversar

E quando sinto algo me aquecer

O gelo silêncio vem me convencer

Que o copo que cai da mão

São verdades do sonho na contramão.

Sidney C. Franco

O Príncipe

Foi bem no começo de nossa era o príncipe chegou

Demos-lhe como recepção o insulto

Sua primeira cama uma manjedoura

Um curral coberto onde animais ficavam

Longe de qualquer palácio sem velas de iluminação

E o piso era terra batida ao fundo de alguma casa

Os sons eram de solidão, mas não ligou para a desfeita;

O verbo da graça consentia ser um humano

E chorou e sorriu para Maria, era um rebento que nascia.

Inocente rebento sustentado por alguma luz da profecia

Quiseram-lhe a morte ferir, mas a providencia o salvou

Na infância e na adolescência

Dos escritos sagrados sorveu a doutrina do amor.

Compôs nas parábolas as instruções e o clamor

Anistiou os sofridos sofrendo humilhação

Mas sempre mostrando a fé de um Deus que ama os aflitos

Confiando até às cenas da cruz

A profecia apontava um cordeiro e o cordeiro era Jesus.

Ouse

Ouse dizer o que precisa ser dito
Ouse fazer o quer precisa ser feito
Ouse querer aquilo que você precisar
Ouse sonhar com tudo o que desejar.

Não tenha medo se você precisa ir
Ouse ficar se é pra ajudar, para amar,
Enfrente a realidade e ouse até gritar
Muito do que esperamos não pode esperar.

O tempo perdido vai e não volta mais
O momento oportuno se procura e se faz
Nunca é tarde para o melhor alcançar
Mas não espere ouse ir e buscar.

Ouse na vida falar e amar com carinho
Ouse na vida falar e amar a quem se quer
Ouse na vida dizer e agir sem frescura
Com palavras e todos os meios que a verdade requer.

Sidney C. Franco

Nova vida

Não está longe a voz da erva que cresce
Da sementeira que floresce, da flor que era só botão
E antes ainda era só um ramo balançando no tempo.

Por sob o manto das noites
Ou nos dourados prismas dos dias
Vence a barreira do tempo e se projeta na existência.

Traz a ciência que ensina: crescer é estar conectado
Ter parte da vida em raízes ramificadas
Estar num solo cheio de outras espécies
Mas ainda permanecer ligado.

Assim para quem em simetria quer se conduzir
Crave suas raízes lance o seu ser
No perfeito solo do amor
Pois é servindo que as raízes sustentam
Tudo que germina para a vida dos povos
E diferente do que era, é um novo no existir
Com mais vida, num novo ser.

Encontro

Até parece a primeira chuva
Que se entrega à Terra nua
Suga esta cada gota dessa veste, desse cendal.

É desenlace do véu à noiva
O encontro da luz na manhã
É fonte achada ao peregrino
Água pura de vida e sã.

E o chão que estivera dormente
Recebe beijos em toadas profanas
Um vento rasteiro sela a delícia
E em delírios suscita a primavera.

O tempo caminha mais lento
E mais lento quer ver tudo ainda
Cada folha que brota em haste
O abraço das aves nos galhos pendentes.

Mais um pouco e passarão as horas
Por traz da cortina chega o ocaso
Poderei ver-te amiga contente
Sentir que é desfeita a distância.

E nesta hora que o tempo suspira
Já pressinto tua mão amiga
Não se esqueça desse momento
Vou e avanço ao teu encontro.

Sidney C. Franco

Coisas de uma amizade

Perguntei outro dia por céu

Como eu poderia te amar

Como eu poderia falar

Desse desejo talvez louco

Não é por menos que isto acontece

Essas coisas sempre acontecem

Quando estou junto a você

Só tenho prazer, só tenho prazer.

Procurei suprimir meu desejo

Esquecer de te querer

Mas como isto esconder?

Parece um brilhante

Coisas simples de uma amizade

Laços fortes de felicidade

Quando estou junto a você

Só tenho prazer, só tenho prazer.

Outra vez eu tentei levar

Minha mente divagar

Meu coração me enganar

Bem distante dos meus sonhos

Mas caminhando de mãos dadas

Nossos passos na mesma estrada

Quando estou junto a você

Só tenho prazer, só tenho prazer.

Me encontrei outra vez com você

Resoluto em te querer

Pronto para te dizer

Que eu te amo muito

Nossa alma se apaixona em prece

Onde as estações florescem

Quando estou junto a você

Só tenho prazer, só tenho prazer.

Sidney C. Franco

Brilho do teu olhar

Flor de uma vida traz à minha vida

Esse teu perfume rosa doce amor.

É o teu sorriso que traz esse brilho

Brilho carinhoso que me faz amar.

Brilho do teu olhar me faz mais te amar

Quero sempre poder cantar

Um pouco desta vida

Tua vida à minha vida que me ensina a amar.

Sei que os meus olhos buscam os teus olhos

E faz da alegria um meio pra brincar.

Nossas diferenças falam de algo a mais

Dizem de um anseio talvez se completar.

Brilho do teu olhar me faz mais te amar

Quero sempre poder cantar

Um pouco desta vida

Tua vida à minha vida que me ensina a amar.

Desejo

Eu vejo o mar lembro você
Lembro você perto de mim
A me falar de coisas tão reais
Como o sorriso do amor sem fim.

Meu pensamento quer buscar
Cada momento cada olhar
Cada palavra cheia de paixão
Não posso esquecer o que você é pra mim.

Amor você é paz pra mim
Calor que só me faz sentir
O bem que a vida é
Quando você está perto de mim.

Amor me toma de uma vez
Me faz voar nos braços teus
Desejo teu rosto junto ao meu
Minha razão é você.

Sidney C. Franco

Ensina-me a amar

Ensina-me ouvir a voz do teu falar
Dizendo-me as coisas certas do amor
E que jamais esqueça eu o teu cantar
Ensina-me a amar.

Ensina-me a ver a luz do teu olhar
Mostrando um céu que só você pode me dar
Mostrando a paz que em você sempre me vem
Ensina-me a amar.

Eu viverei como sempre quis
Pra você eu fiz esta canção
Só teu coração é que me faz cantar
Ensina-me a amar.

Ensina-me ter esperança pra lutar
Por esse amor que um horizonte me mostrou
Feliz eu sou por sempre ter esse amor
Ensina-me a amar.

Ensina-me cada passo acompanhar
O teu sorrir que alegria sempre dá
Em meu viver esta lembrança levarei
Ensina-me a amar.

Eu viverei como sempre quis
Pra você eu fiz esta canção
Só teu coração é que me faz cantar
Ensina-me a amar.

Sidney C. Franco

Quem te ensinou?

Quem te ensinou o sorriso e o meigo olhar doçura?

Quem te ensinou a colocar as mãos na altura da cintura,

E por no lado do ombro os cabelos?

Quem te ensinou fazer no andar

Uma dança que eu guardo na lembrança?

E a cada passo o teu perfil parece me excitar

Quem te ensinou o teu mundo a me cativar?

Será que foi o vento que fez voar teu cabelo?

Ou foi o brilho das estrelas

Que fez brilharem os teus olhos?

(Às vezes meigos às vezes cintilantes?)

Quem te ensinou fazer no andar

Uma dança que eu guardo na lembrança?

E em cada passo o teu perfil parece me excitar

Quem te ensinou o teu mundo a me cativar?

Tuas mãos abertas em leque são pétalas silvestres

Quem as ensinou a brincar numa conversa amiga?

Parece que os instantes de todos os momentos

Demonstra-me um caminho pra que eu possa descobrir

O que fez o meu mundo te amar.

Imensidão visível

Minha vida já pode ser alegre
Quando ao teu lado fico a ouvir uma voz branda
Qual um campo a escutar um riacho.

Ao tempo agora jamais cederei
De um amor abrasante vir a esquecer
Será perpétuo comigo irá
Teus olhos, o sorriso, o falar.

Lembro você no sabor da paixão
Levo-te comigo ao horizonte quando sonho
Vão passos, o sorriso e o amor também,
A graça sempre viceja.

Irrompem o brilho e o canto,
Como eu o teu dulçor sentiram
Alcemos, pois livremente, presto virão cortejar-nos.

Sidney C. Franco

Colhe os frutos que a vida tem

Glória do existir no tempo, desdobrando a pureza

Voando longe, bem longe de orgulho.

Encantos do amor ao acaso ocupam vazios perdidos

Incidem na alma clarões

Instantes que brotam renovados.

Lenta então divaga no peito

Nuança que ao brincar conduz

Paz feliz em vivos arranjos voando acima do limiar.

Imensidão visível, luz real de cada existir

Absorvendo o infinito, exala no presente o eterno.

Aonde, pois, verbo estarei? Se na distância vou lutar

E direi para todo mundo

De ti jamais vou esquecer.

Cálido pensamento

Multiforme vida na primavera
Reúne encanto espalhando prazer
É como fonte fluindo mais vida
Em instantes amenos a nos reger.

Adornos da existência tão belos
Em tudo nos deixam ver
Inflorescência vasta recobrindo os campos
Também a vida envolvendo-te o ser.

Rege-nos então a poesia
Com momentos às vezes absurdos
 Mas que a saudade sempre reclama
Guardados e não esquecidos no coração.

Imerge o canto de cálidos pensamentos
Quando presente está o brilho
O brilho equestre de um olhar risonho
Que ilumina as faces que no céu componho.

Amostra infante e doce
Repartindo ao vento sabor
Semeia nos passos o carinho
Colhe em tudo por tudo o amor.

Sidney C. Franco

Ninho dos sonhos primaveris
Aos vícios do orgulho intocável
Do arrebol sustenta o anseio
De expandir a virtude por desejo.

Galgar alturas sorrir ao vento
Espalhar a pureza nos espaços da vida
Para que o canto transforme alguém
Para que a música reflita somente o bem.

Então à multidão desesperada
Seremos a paz no limite de espera
Mostrando no peito os versos
Dos acenos calmos e quietos.

Leva-nos ao infinito pensamento
Porque o presente se transforma passado
Que de alegria esta estrada seja
Para que o mundo verdade nunca anoiteça

Áulico é o encanto que persiste a dizer
No pranto se mede o destino no riso se volta a viver.

Pedaços

Doces pedaços de vida não te disse a madrugada?
É assim a primavera do tempo
Cochichou minha amada sem dizer palavras
Fez-me sentir a forma exata
Entre tantas noites a mais desejada dos amores.

Minha mão serpenteou de forma sorridente
E de contentamento percebi o teto, as paredes e a penumbra,
Eram convidados certos
Pois nos ajudavam imóveis e silentes
Ouvindo a canção que entoávamos.

É de amor o primeiro beijo
E de paixão é toda a razão
Me farta de abraços e carinhos, só teu é o meu coração.

Árvore com flor que aninha
A ave e o ninho suspensos em exaltação
Árvore de folhas verdes
Com variantes verdes faz energia em profusão
Árvore de muitas lembranças
Na sombra guarda o mar o céu e o amor
Árvore que escreve às gentes
Que grita um apelo que grita um clamor.

Árvore feita pra vida
Na morte nos embala sem nenhum rancor.

Sidney C. Franco

Canto de amor

Canto de amor, que me leva a sorrir ao te ver

Que me encanta ao sentir o teu ser

Que me inspira a viver por você

O teu amor será sempre a mais linda canção

A mover minha vida em ação

Com o carinho a alegria e paixão

Mais viverei os momentos junto a você

Ao sentir teu carinho o teu ser

Ao olhar e sorrir pra você

Voz do amor! É você que me deixa feliz

Ter você só me faz mais feliz

Minha vida você transformou

Quero abraçar, com você bem juntinho ficar

Ao teu lado quero andar

Demonstrar que eu amo você

Sob o céu, que me encanta sempre ao te ouvir

Na beleza de te sentir

Na ternura de um sonho de amor

Declaração

Antes que o dia acabe e a noite se vá
Deixando a saudade do que é te amar
Num momento agora eu vou te falar

Antes que o tempo se torne num distante vagar
E eu queira e não encontre modo algum pra te amar
Teu desejo é meu mundo e isto eu quero falar

Você é como luz no meu andar
É como um sol a iluminar
É uma estrela a brilhar em noite linda

Eu sei que nesse mundo vivo melhor
Com teu carinho a me guiar
O meu caminho pra te amar

Sidney C. Franco

Paca

O tempo psique e lógico

Passeio no passado corrida no presente

Às vezes aposta com o ilógico

Às vezes vaga insistente.

E canta a desnecessidade temporal

Sequencia de nenhuma ação

Cúmplice de certas palavras

Cúmplice de transes subjacentes.

Ocorrências dentro dos passos

Na ida e vinda de espaços

Nas marchas e paradas estreitas.

Quando se responde aos cumprimentos

Tocavam funk e explodiam rojões.

Quando esquecido estava o recreio

Escrito com o verbo das horas

Gente pinhão e ponteio.

Ecologia

Palavra pura como água cristalina
Refrescante como o ar na manhã dos bosques
Ar e água combinados seiva de vida aqui nesta fonte sideral.

Rodeados por milhões de estrelas
Circundados por bilhões de sóis
Na distância de seus brilhos
Adormecendo com os tantos olhares
Renascendo a cada manhã
Desferindo gritos contra os rastros dos resíduos
No mesmo compasso dos séculos
Observando a loucura de tantos impérios.

Não basta o cansaço das lutas
Nem o volver da sede de músculos e fibras esgotadas
A loucura monumental desenha,
Planeja, constrói deserto e acaba com mares...
Proporção vazia de pensamentos áridos.

Rios sumiram, riachos foram consumidos
Rodeados por multidões
Romperam as últimas lágrimas de solidão.

Água e ar agora se esgotando
Não brindam desastres
Deflagram história, talvez o final do ambiente razão.

Sidney C. Franco

Protesto da vida

Uma flor me entregou um protesto
Para ao mundo inteiro mostrar
E o que acontece com vida por aqui
Só não vale é desconversar.

Um protesto pela vida vou cantar
Um protesto das crianças sem lar
Um protesto, um apelo de amor
O nosso mundo precisa mudar.

Eu estou com o protesto dos rios
E dos peixes que morrem nas praias
Eu estou com o protesto das matas daqui
E dos bichos que perdem o habitat.

Um protesto pela vida vou cantar
Um protesto das crianças sem lar
Um protesto, um apelo de amor
O nosso mundo precisa mudar.

Cartas de Vidas

Eu estou com o protesto dos jovens
Os que têm coração como eu
Eu estou com o protesto dos povos daqui
E que vivem nesse mundo como eu.

Um protesto pela vida vou cantar
Um protesto das crianças sem lar
Um protesto, um apelo de amor
O nosso mundo precisa mudar.

Sidney C. Franco

Volte a vencer

Quebre as taças
Pois o brinde acabou
A roda do moinho parou
O vão daquela ponte desabou.

Peque só o precisa
Não sinta culpa de não poder
Reinício agora é um novo rumo
Caminhe firme e volte a vencer.

A força do mais forte terminou
A vida de alguém suspirou
A luz brilhante se pagou
O chão seguro desmoronou.

Peque só o precisa
Não sinta culpa de não poder
Reinício agora é um novo rumo
Caminhe firme e volte a vencer.

Transforme

Transforme todos seus sentimentos
Transforme todos em amor
Transforme o medo de algum momento
Transforme a descrença e a dor.

Transforme suas palavras ditar
Transforme em frases comedidas
Transforme as rimas em versos de vida
Transforme o tempo e a vontade também.

Transforme a idade em fios de vida
Transforme o mundo e o seu jeito de ser
Transforme o lugar com sorrisos
Transforme o sonho em arte de viver.

Transforme a vida
Transforme em desejo de viver
Transforme e viva
O mundo quem diria é parte do é ser.

Sidney C. Franco

O poder do amor

Será que o amor tem mesmo tal poder

De resolver problemas e o ódio vencer?

De construir os sonhos lindos

De matar o pranto e o choro conter?

Será que o amor tem mesmo tal poder

De remover montanhas de tantos erros?

De destruir os vícios malditos

De fazer nossa vida renascer?

E como superar pecados capitais

Que nos pegam de surpresa?

Só resta-nos saber que a resposta está em nós

Basta-nos do amor aprender.

E quem poderá medir o amor? E quem poderá vive-lo assim?

E como superar pecados capitais

Que nos pegam de surpresa?

Só resta-nos saber que a resposta está em nós

Basta-nos do amor aprender.

Canção da Terra

Canto pela Terra, pela vida, pela paz

Se alguém concorda diga sim.

Canto contra a fome contra a guerra contra a dor

Se alguém concorda diga sim.

Canto pelo grito das crianças sem país

Se alguém concorda diga sim.

Canto contra a fúria dos impérios imorais

Se alguém concorda diga sim.

Canto pelo verde pela água pelo ar

Se alguém concorda diga sim.

Canto contra o alto preço da poluição

Se alguém concorda diga sim.

Corações amigos lembrem-se desta canção

Afastem a tristeza

Tenham força! Tenham garra!

Não desistam! Busquem a união!

Sidney C. Franco

Paz e amor

Eu quero a paz morando aqui
E que toda discórdia deixe de existir
E que essa paz me faça pensar
Em ter esperança e fé pra seguir.

E juntos a paz e o amor possam sempre existir aqui
Trazendo-me alegria, me fazendo sorrir
Vamos todos viver a paz, vamos todos viver o amor
Sem essa violência que nos traz só a dor.

E quem quer a paz fique junto aqui
E que toda discórdia deixe de existir
E que essa paz nos faça pensar
Em ter esperança e fé pra seguir.

E juntos a paz e o amor, possam sempre existir aqui
Trazendo-nos alegria, nos fazendo sorrir
Vamos todos viver a paz, vamos todos viver o amor
Sem essa violência que nos traz só a dor.

Melhor será

Um novo dia nasce dando esperança ao mundo
Novas flores certamente vão nascer
Com a vida renovada todos devem aprender
Mesmo presos a limites vamos viver.

Melhor será o teu viver
Melhor ousar e não descrer
Nunca será tarde pra um sorriso explicar
Que a paz interior não se pode comprar.

Tantos sonhos planejados para um fim se alcançar
Mas que as vezes não chegaram acontecer
Incomparavelmente não se pode avaliar
O destino de uma estrela ao brilhar.

Melhor será o teu viver
Melhor ousar e não descrer
Nunca será tarde pra um sorriso explicar
Que a paz interior não se pode comprar.

Dimensão

Podia quase sentir o vento no balançar de algum galho
Das plantas que crescem junto ao muro
E que eram projetadas no visor da câmara de segurança.
A luz da manhã fazia uma combinação diferente
Impregnada de serenos matizes
Pois nesse momento uma canção irradiava o som
Um tema de Paganini...

Que haveria eu de fazer com esses transportes de prazer?
Pois que a tua lembrança fluía tridimensionalmente.
Um piscar que as tuas pálpebras fazem como que brincando
com a luz da vida.
Rapidamente disquei o seu número, que ansiedade:
disquei uma, duas, três vezes... mas estava ocupado
O vislumbre de todo esse momento ficaria somente comigo,
Pois talvez ninguém haveria de ter o mesmo pensamento
De aquiescência a tal magnitude, de beleza para a alma.
Um transporte de felicidade que mesmo você,
Ouvindo a música ao telefone, não haveria de sentir.
Um enlevo desses que nos pega, vez por outra na vida.

Brevidade

Tão breve passam os dias
Aquino eixo da Terra
São passos de todo um mundo
Que se transmutam ao som de carros
De máquinas de fatos
No porto na porta e no cais.

E o refletir ficou num outro passado
Quando ainda inventavam as letras
Quando ainda descobriam as fórmulas
As estórias que eram verdadeiras
Fincaram nos games as suas bandeiras.

A poeira que cobre
Os restos dos palácios
Das antepassadas civilizações
Jaz aqui dentro das telas gelatinosa
De plástico ou fibra endurecida
Cor clara ou escurecida.

Sidney C. Franco

Os livros são lançados todos os dias
Mais que foguetes-satélites
Mas ficam no espaço das estantes bonitas
Pede-se a verdade e aparece a mentira
Degeneração de pensar que se existe.

Ora compomos mágoas
Ora declaramos bárbaros
A quem nos pede migalhas
Ou um pouco dos recursos
Extraído e investido.

Cascatas jardins e chafariz
Pintam as cercas
Que cercam os reinos hodiernos
Mas não há muralhas a impedir
O avanço das legiões em deflagração.

Pois tu és pó e em pó te tornarás
Somente o registro no livro do tempo
Um juízo cadente
Tarda mas não falha jamais.

Estória

Num desses dias depois da estória do canto de fadas
Apareceram letras de um tema
Na folha estavam grafadas.

A cor da tinta era ação
A construção do enredo canção
O amor se desdobrava e ria
Um ar de contentamento havia.

Logo fazendo um traço
Apareceu espontaneamente a fala
De um alguém a princípio
Que o autor pôs como anjo.

Para ter certeza reescreveu novamente
Fechando os olhos olhou o céu
E se atreveu a pedir auxilio dos sonhos.

Mas vejam de novo apareceu
O belo quadro sem moldura
Bela natureza pura
Que os ventos querem mudar.

O percurso da estória
Sofreria vozes diversas e intenções do mal
Mas as marcas ficariam
Para sempre postadas.

Sidney C. Franco

Pegadas

Vejam como se veem o exército de dois corações
De pensar no agora e aprender tudo a dois
Pelo tempo da web na calçada ou no piso
Com o pulsar firme; firmes passos de ajustes.

Não mais o ontem tipo passado
Cantamos mais da inesquecível agenda
De celebrar nossas datas, divertidos sonhos de mundo real
De mundo sincero, de brisas maresias e sais.

E o amor nos abraça bem fortes, aponta-nos o Norte
Colocando avisos de querências
E quando nos despedimos, somos ainda mais fortes.

Pois cada beijo é oração que vence a sorte
Pra ficarmos no mesmo tempo, unidos no mesmo sorriso
Seguindo o mesmo sonho, passeando na mesma estrada.

Lembranças

Queria ser teu assim
Tipo um horizonte suave e belo
Como a imagem que sendo comum
Aviva-se pelo contentamento
Da canção do coração feliz.

Sei que para se conceber tal matéria
Somente o pode ser
Na perspectiva natureza que passeia junto a ti.

Mas você é o lindo sonho
Composto pelo suave cantor da vida
Longe aqui me apegam a falta
A saudade e o amargo da distância.

Ainda imagino notas que te circundam
Os quadrantes de uma sala de uma escada
Ou mesmo a disposição das cadeiras
E a voz repartindo comigo as constâncias de um dia.

Sidney C. Franco

Meu celular transformou-se por um momento

Na sua mensagem de carinho

O display parece mostrar os seus olhos

Não só os olhos, mas também a visão toda...

Sobre vários ângulos.

Rosto e alma olhar e exclamações

Que já não são contidos

Na impercepção de milhares de passos

Que tomam as ruas e estações.

Peço à mente para não esvair este quadro

Mas não sou potentado: só um ser humano

E vai diminuindo e desaparecendo

A graça dessa imagem.

Meus olhos adormecem

Mas transfiro com muito carinho

Este arquivo ao meu coração

E o arquivo só pode ter o título

Para você com saudades te devo mais atenção.

Linguagem

Aprendemos que a linguagem faz-se por oposições
E por dons sublimes fazemos abstrações
Entre fatos, ocorrências e sinais.
O que ainda não ocorreu podemos sugerir...
Como o teu sorriso

Sorriso... Olhar, maneiras de consumir as horas
Invejo as passagens parnasianas
Que te colocariam como obra prima.

Mas não é necessária tal recorrência
Somente basta admitir os indeléveis traços do estilo
Na concessão de existência.

Entre milhões de sóis e estrelas eis você refletindo luz
E enobrecendo a alma
Posta como um ser forte ágil meigo e doce.

De bravura ou calma, oposições tão belas
Incondicionais de verdades... Cheias de graças.

Sidney C. Franco

Seguimos

Seguimos nossa estrada, nosso rumo
Seguimos, pois não há como parar.
À frente o horizonte
Os sonhos importantes
Mas deixamos as marcas no andar.

Seguimos descobrindo o futuro
Navegando pelo tempo nosso mar
Estações tão bonitas
Cores, brilho, quanta vida!
Guardaremos o melhor pra recordar.

Aqui fica o jardim que você plantou
Regaremos cada folha cada flor
Nelas estampadas o sorriso o olhar
Tais lembranças são estrelas,
Tais lembranças são pegadas,
Tais lembranças são as marcas do amor.

Bom dia

Pedi ao pensamento para trazer do infinito

As belas imagens de alguém correndo

Adentrando na sala de modo vivíssimo e exuberante

Fios e fios cabelos jogando

Rosto proclamando alegria

Lábios e braços e...

Uma singela polifonia

E certamente o enunciado de mais valor, de mais valia.

Posto que seja filosófico

Transcorrer sobre a permuta da luz do sol

Na roupagem das nuvens

Quando se olha pela janela o tempo de chuva

Ainda que o concreto nos dê suporte

Para abstrações e símiles primaveris

Não atinará má ventura

De deitar fora tudo de bom

Que o coração teima em guardar

Movido por preciosos brilhos de carinho.

Sidney C. Franco

Passarão outros tempos

Reformarão as calçadas de nossas ruas

Mas não cessaremos de andar

E se necessário for voaremos

Para infringir os espaços Surrealistas

Com tanto que não se passe

A verdade da lembrança que nos leva contigo

Hoje lhe seja um bom dia.

Recado

Oi amiga!
Espero que esteja tudo bem
Escuta amiga o que vou falar
O que vou dizer.

Desejo que desperte em canção
A primeira luz
O teu primeiro olhar
A primeira sensação de existir
Por isso amiga pode sorrir.

Não sabemos como o dia será
Se o sol ou chuva virá
Mas seja tudo o que for
Serenos caminhos
Te sejam com paz e amor.

Sidney C. Franco

Amizade

Saudade é pouco pelo muito que você representa
pra vida num pequeno mundo,
mas que se faz bonito com o teu sorriso amigo.
Mas bate a saudade do olhar de carinho
do olhar amiguinho...
Do olhar, de você.

É como um passeio de flores, cores e cheiro
do andar apressado às vezes descontrolado
de quando recebo o calor do teu amor.
Ah! Ainda não é o céu
mas se assim fosse seria azul e mel
com cristal e chocolate
mas sempre no empate de viver feliz,

E pérolas e diamantes não estariam distantes
mas estariam perto para entreter você.
Eu cantaria mais e quando fosse falar de ti
chamaria todos pra brindar
uma amizade sem fim.

Fato constante

Ah é você amiga!
Com certeza o é
Em muitos momentos você toma minha atenção
Graça de amiga no jeito de ser
No mover das mãos nas conversas casuais
Nos sorrisos de alegria constante.

Ah é você amiga!
De olhos vivos e risonhos
No teu perfil deixo-me desgastar
Na tua simetria meus olhos pousam.
Olhos que apesar de rudes te procuram
Em miragem minhas mãos
Deslizando abaixo do ouvido
Afagando deliciosamente teus cabelos.

Caminho de carícias outrora adormecido
Vão estas mãos despertando uma aura
Com arrepios de prazer
No passeio gostoso da existência.

Ah é você amiga!
Que é de toda, fonte onde bebo;
Levo-te pelas ruas sendo teu amigo te abraço.
Ao despertar as melhores coisas no teu encontro
Adormece o tempo para não te perder
Ah sei que é você amiga que dá sentido para o viver.

Sidney C. Franco

Email

Todo o perfume de tuas ações
Retornem em alegria e felicidade.
Um dia com os mais agradáveis pensamentos...
Deve ser a respeito de uma linda história...
A tua própria história entenda e olhe com muito carinho.
E os letreiros... Os letreiros devem mostrar você sorrindo!
Todos se expressam por influências
Semelhante ao tempo das estações
Calor e frio, sequidão e chuva,
Tristeza e alegria, e é assim o nosso domínio,
Canção por palavras e gestos.
Que graça!A revelação de ti.
Que o olhar das pessoas seja assim,
Um olhar de serenidade mesmo na imperfeição da forma,
Mas com o poder da superação
Dá que a alegria e paz se repitam
Com o carinho que nos aproximam
E que as pessoas permaneçam qual música,
Envolventes e belas...
Pois tua é a natureza de sorrir pra vida,
Mesmo que algumas lágrimas encubram-nos o sorriso,
O princípio do convívio iniciado aqui
Por certeza será aprimorado,
E com tanto carinho continuará,
Feito um amanhecer de esperanças
Que nos abraça a cada dia.
Pois confiamos na justiça.

Quisera sempre

Quisera sempre estar em paz contigo
Sentir o teu sorriso como um vento
Pois assim como o vento que vem e passa eu sinto
Leve vento de sorrisos carregados também com amor.

É o teu sorriso que acontece
E é inconfundível mas não é sempre
E quando não acontece sinto-me em perigo.

E por não ser imbatível vago confuso na rotina da vida
Corro em fuga, mesmo parado e estacionado,
Mirando por cima das pedras a melhor reação
Ensaiando as palavras para dizer-te que te amo.

Mas às vezes os instantes são marchas
As palavras são curvas
Dizer alguma coisa, mesmo o carinho,
Perco tudo, até sua atenção.

Sidney C. Franco

Primeiro tempo

Para onde foi a paixão do primeiro olhar

Em que se seguiram outros e depois outros

Das primeiras conversas

Fecundando uma aproximação

Das primeiras intenções do primeiro toque

Dos primeiros sorrisos juntos

Do primeiro segurar das mãos

Irradiando pura energia?

Se o primeiro olhar e o primeiro beijo foram ensaios

O segundo estreou mais quente

Acelerou o coração adolescente

Pôs em ação os hormônios da libido

Criou calor aformoseando o rosto com sorrisos

No mesmo quarto da mente

Que a mil gerações está sempre pronto

Surge o desejo de juntar cromossomos

Que espetáculo da vida idealizando sonhos

Dando força aos melhores anseios

Lançando ao mar a aventura de dois meios

Mãos e pernas, dorso e peito

Uma potencia incandescente do delírio.

Faz-se ao som de gemidos

Uma satisfação inebriante

Depois de relaxados músculos

A mão quase não percebeu

Que as estrelas continuam brilhando

É a vida, segue vida, segue a vida.

Sidney C. Franco

No break

Curvas marchas sedução
Às vezes até não entendo
As engrenagens do coração
Deviam pulsar em harmonia
Mas destoa na contramão
Talvez falte o óleo da palavra
Da conversa, do caminhar juntos.

Antes ouvíamos o vento
Nossas mãos continuamente se davam
Entrelaçavam-se em cortejos pelas ruas
Agora ouvimos e falamos com o rádio
Damos as mãos ao volante
A atenção é só para a máquina.

Minhas conversas não são de marcas
Por isso quero o mar navegar em você
Rumo às águas carinhosas
Contornar teu pescoço sob o cabelo suspirar
Novamente amar.

Danosa

Quando ela passou naquela pequena cidade
Fez estremecer o juiz
Fez a mulher dele se benzer
Fez o boy que andava apressado quase beijar o poste.

Quando ela passou chamou a atenção do empregado
Chamou a atenção do empregador
Olharam para ela
Parecia a miragem de um oásis
Um descanso, uma delícia.

Quando ela passou fez um laço
Pegou os "gravatinhas."
Suas pernas e braços
Como tentáculos acenavam
e eles deram meia volta
Fizeram aposta para vê-la
Quem conseguiria
Chamar-lhe a atenção?

Quando ela passou
Carros luxuosos pararam
Quem diria: pessoas distintas,
Dinheiro, muito dinheiro.
Ofereciam-lhe carona
Convidavam-na a entrar.

Sidney C. Franco

Quando ela passou ficou conhecida
Não escapou ninguém
Do operário aos empresários
Dos políticos aos donos de igrejas
Quantos! Não resistiam:
Era um pecado "filantrópico"

Quando ela passou
Não pensava que ia causar tumulto
Queria somente andar à vontade,
Mas esse era um disfarce
Desejava ficar escondida,
Despercebida, totalmente camuflada,
E era sorrateira, ardilosa, perspicaz, gananciosa.

Montaram operações
Bloquearam as praças
Deram conta que talvez
Finalmente fora apanhada
Descoberta, finalmente seria presa,
Os folguedos, as festas,
Pareciam comemorar o seu fim
Pegaram sim as suas vítimas
Ela, ilesa fugira sem deixar pegadas
Deixara meias verdades
Labirintos para cansar perseguidores
Mais um de muitos cognomes
Assim ela ia e voltava
Era ela: a dona corrupção.

Filhos de África

Filhos de África que partiram a outras terras

Em navios caravelas

De Angola ou Moçambique levaram o sangue.

Sangue cor de açaí

No Brasil vieram pari a raça que une raças

Negro, branco, amarelo, tupi.

Que daremos à África?! Que nos deu o batuque nagô

Que nos deu amas de leite, que nos deu negros curumins?

Vieram zumbis, vieram palmares

Carnes de pedras, fibras capazes.

Pra cantar um gemido de esperança esquecido

Por venturas semeadas dos filhos na terra surgidos.

Projetaram nos terreiros o samba

Nas procissões dos engenhos o carnaval

Construíram o lucro dos bancos

Extraíram combustível do canavial.

Dobrões negros o lucro das bolsas,

Despidos, nus combalidos,

Não sonhavam nas noites de insônias

Não deitavam em redes ou camas

Caíam moribundos no chão exauridos.

Por ventura não eram eles

Juízes do céu disfarçados pra revelar o caráter

Dos senhores desalmados?

Que com chibata em mão

Não imaginavam

Que oprimindo semeavam opressão

Escravizando plantavam escravidão.

Meio milênio passou

E o decreto continua valendo

A corrupção segue consumindo como incêndio

As favelas, as casas e os casarões,

E por vezes são esconderijos as mansões.

Palmeiras

Jazem os ramos das palmeiras
Dançando a canção do vento
Ondeando em alegres mantos
As sombras do verão.

Indícios de vida, até do amor
Falam sorridentes
Colhem na paisagem
A verdade de todo um dia.

Eis que por tantas graças
Deve ser nossa alegria.

Sidney C. Franco

Força do amor

Na força do amor eu vou cantar
A fé e a esperança de viver
E quem quiser comigo partilhar
Basta querer e vir, se aproximar.

Na força do amor eu vou andar
O meu caminho certo pra chegar
E quem vier atrás sei que vai ver
A fé e a esperança de viver.

Na força do amor todo mundo pode crê
Na força do amor quem quiser poder viver.

A paz e a alegria do amor
 Eu quero repartir por onde eu for
Assim a mesma estrada em que eu seguir
Será sempre mais cheia do amor.

Na força do amor todo mundo pode crê
Na força do amor quem quiser poder viver.

Consciência

Estes são os filhos da guerra
Multidão à margem na Terra
Consumindo o resto da força que ficou.

O paladar é desesperança
O caminhar curvadas crianças
Vão sumindo no choro da fome de viver.

Diferente as cenas dos shoppings
Que contraste o consumo in Box
A fartura que todos poderiam ter.

Todo o sangue destas ideias
Não poderiam conter a avareza
De destruir a vida que vemos por aí.

Estes são os filhos da guerra
Multidão à margem na Terra
Consumindo o resto da força que ficou.

Sidney C. Franco

Hoje

Se hoje cessar a luz dos meus olhos
Que eu tenha aproveitado contigo
Os feitos multiformes que a vida propiciou.

Se hoje cessar a luz que nos meus olhos brilham
Seja magnífico o dia e os outros dias que já vieram.

Foi preciso desejo e paixão, mesmo os choros e soluços
Ou a dor dos corações apaixonados
Para cavalgar nas noites e nos dias.

Os feitos multiformes de uma pescaria sem peixes
Dos sapatos molhados, do trânsito engarrafado.

Dos moveis empoeirados ou dos ladrilhos gastos
Da roupa onde apareceu o primeiro fio desfiado.

Seja excelente o momento da visão dos ombros e pescoço
Da mulher encantada
O cheiro dos cabelos da moça perfumada.

Cartas de Vidas

Repassem novamente mais, mais uma vez,

A comida quente e deliciosa

E os minutos da bebida pura, da limonada açucarada.

Sejam as decepções em todas as idades

Como papeis de atores encenados

O cingir-se dos figurinos não escolhidos

Onde cada personagem são átomos centralizados.

Faz-se poses e doces, cenas tristes de verdade

Sorrisos cruéis engendrados

Prazer e traição ou desespero.

Seja calmo o dia como o primeiro choro

Da criança a flutuar no seio

Dos receios de seguir vivendo

Pelas contas que estouram o orçamento.

Sidney C. Franco

Filhas de Eva

Abençoai Senhor as mulheres exploradas

Para que encontrem a libertação

Abençoai as moças para que

Antes do primeiro beijo de língua

Tenham aprendido expressar virtudes.

Abençoai Senhor para que ao se ornarem

Nas blusas e nas calças

Tenham-se ornado da estima e da dignidade

Abençoai as moças que já lutam com o trabalho

Que têm as ancas de guerreiras

Que desfilam as batalhas no dia a dia.

Guardai do sereno o ventre das moças

Para que não estraguem como fruto amadurecido

Abençoai para que as mãos que passarem nos seus ventres

Sejam dignas mãos e sejam santificadas

Pela perfeição do ventre que tece a vida

E se houver algum ventre frívolo às que já seguem na vida

Aprendam a nobreza do umbigo.

Cartas de Vidas

Contigo Senhor aprendam e que mesmo nu o umbigo
Na cama de suas vidas, no quarto de suas existências
Esteja envolto de véus legítimos e castos.

Abençoai as mulheres que semearam o mundo
Com os primeiros afetos, os primeiros banhos
Os primeiros cuidados
A disposição de curvar a silhueta
De arquejar a coluna.

Abençoai as moças que ante os enjoos
Combateram como fortes e valentes
Para romper contra a morte
E vencendo a escuridão da incerteza
Ofereceram-se para doar gerações.
Abençoai Senhor as que ainda meninas são vendidas
Longe dos tribunais, nas antessalas das guerras
Nos currais da insanidade da fome
Nas casas noturnas infames legitimadas como peças.

Abençoai para aprendam a contar as estrelas
Nas suas existências obscuras

E no choro escondido dos sorrisos
Antevejam mesmo com tênue fé
A certeza de que glorificadas serão como vestes de noivas.

Abençoai Senhor, as mulheres repousadas nos travesseiros
Nos lares de respeitos, mas também as contristadas
Que não conseguem ter um descanso
Pois que estão em suada guerra
E a paz é amargo fardo de um furtivo pão.

Abençoai as mulheres que apontam caminhos
Que multiplicam os dias
Que dão razão aos feitos
Aos conhecimentos e expressões
Que ordenam vestidos
E organizam os espaços
E com firmeza deveras descontraída
Compartilham a vida de fato.

Poema de horror

Canto poemas de amor, de amizade e fraternidade

Confiante nas apólices e contas bancárias

Apoiado no lucro e nos juros

Que são diligentemente administrados

Para fazer perdurar a miséria de alguém.

O meu lucro é a soma dos famintos

Que não conheço que nunca ouvi falar.

Eles não sabem que eu existo

Seus choros e suas tragédias

Porque me importunar?

Mas sou complacente não envolvido com o terrorismo

Pegar em armas jamais a etiqueta me refina

Com os meus passos lentos pelas calçadas sem preocupações.

Afinal a sorte não é para todos

Todas as gerações passam e não vou me questionar

Os brindes que faço à vida

Na bela vida que eu vivo

As infelizes vidas passaram e nunca vão me alcançar.

Sidney C. Franco

Árvore do bem e do mal

Árvore do bem e do mal do teu sexo sem ter domínio

O halo te dominou serás expulso

Não como repetição, mas como o final.

Oh sim haverá o final, pois houve um inicio

E os corpos cambaleantes das tuas gerações

Mutilados pelas incertezas seguir-te-ão como a fumaça.

Mesmo no teu carro, no teu escritório

No teu restaurante as massas da barbárie

Indigentes e abjetos, herança do novo milênio

Afoitos te perseguem.

Cercar-te-ão e baterão na tua porta

Gritarão na tua rua, atirarão no teu carro

Não respeitarão tua ascendência

Não se importarão se você vem de família tradicional

Família rica ou famosa.

Quando as bombas explodem as perdas se sucedem

E os gritos agitam com temores as nações

E estados descontrolados envolvem-se em fúria

Descerrada foi a cortina de ferro
O muro de Berlim caiu
E o holocausto tangia o presente.

Você nunca soube? Ou já leu na historia?
Aconteceu em 1917, 1939...
Oh! Choro? Não! Desespero, sim desespero.

Ninguém te ouvirá, pois o ninguém será a maioria
Se autoconsumindo como bactérias
Pois clamaram pelo ensino
Sem saber redigir um pedido.

Foram somente fazendo filhos
Somente multiplicando mentes aprendizes
Que ficaram na espera do teu capital, dos teus investimentos,
Seres humanos iguais a você
Com cérebro, mente e corpo.

Almas à espera do ensino
À espera dos chips das fórmulas
Dos lucros, dos imóveis,

Dos satélites, dos foguetes,

Do refino, do brilho do teu ouro;

Das joias caríssimas das tuas joalherias

Das porcelanas finas

Da luz dos teus cristais

Do poder das tuas transnacionais.

À frente dos teus óculos escuros, à frente não atrás

Está a massa, o povo.

Vira o teu rosto, pois estão feridos

Nos valores, com desgosto.

O carnaval ficará esquecido por alguns minutos

Somente acontecerão as invasões,

As depredações, os saques.

E por somente haverem aprendido a luta

A violência, o abuso, a ironia e o sexo,

E beber e perder a consciência

Se promiscuir em nobres horários

Com premiadas propagandas

O resultado será o estupro da tua vida.

As cerimônias dos concertos serão interrompidas

Haverá tropeços dos saltos

Torcidos os lisos calcanhares.

Não será um homicídio

Não, os burros, os nojentos aprenderam como povo

Sem valor aprenderam o ódio

Aprenderam o genocídio.

E aprenderam com as cavalarias

Com as guerras santas, com as cruzadas

Com os impérios coloniais

E tal como o degelo dos polos, que faz elevar o mar

As ondas da confusão espraiam em cada cidade

Que semeou a própria destruição.

Sobe junto com a fumaça dos incêndios

A fumaça do fumo dos cigarros e dos carros

Onde estão os poderes dos estados?

Estão escondidos atrás dos outdoors?

Pois se vendem as meninas ao prazer do ócio e da luxúria.

À riqueza do dinheiro tornaram-se imponentes

Como a montanha de um vulcão

E como fedor da putrefação

Dos pântanos da corrupção

Tornam-se também impotentes ante a destruição.

Oh como queria passar os dias

Intercalados de melodias

Bachianas suítes e sinfonias

Ler sobre as boas safras

Os belos lançamentos

Interessantes artes

E promissoras descobertas.

Passar os meses e nas festas

Com os corações à volta da mesa farta

Sorrir com a alegria de família.

Mas sou Latino ao pé dos Andes

Troco por coca uma, duas refeições, e um aparelho de TV.

Sou da África diga-me o é o viver?

Sou da Ásia vou vender meus filhos

Não quero ouvir nada, eu respiro por quê?

Sou do Leste da Europa, bebi leite na infância

Agora só há Vodca o que, o que fazer?

Compromisso

Por essas ruas aqui passa muita gente
Pelas ruas vai andando muita gente
E eu sei também que passa por aqui o meu amor.

Penso no que está fazendo
Penso no que está dizendo
Imagino hoje um lindo dia pra namorar.

Então antes da tarde, ou antes da noite chegar
Eu sei que eu preciso parar
Então dá licença compromisso
Que eu já vou me retirar
Pois eu vou o meu bem encontrar.

E todos têm seus compromissos
E digo que não há nem um mal nisto
Pois a agitação da vida eu sei que vai continuar.

Por esta rua cheia de flores cheia de passos e mil amores
Lugar de todas as gentes, calçadão da Rua Quinze
E em vez de boca de fumo
Um encontro na boca maldita
Entre linhas de camaristas a paz amiga.

Sidney C. Franco

Muitos Segundos

Em um segundo, quantas coisas acontecem...
Em um segundo milhares de teclas são apertadas
Milhares de sons são produzidos, milhares de ligações são
realizadas, milhares de palavras são faladas.

Milhares de plantas nascem outras crescem, outras são
cortadas. Milhares de janelas são abertas e fechadas.
Milhares de passos, andando pelas ruas.
Milhares de livros são abertos, milhares de conhecimentos
são transmitidos, milhares de construções erguidas.

Milhares de automóveis correm; milhares de computadores
processam bilhões de informações. Milhares de litros de leite;
nasce a vida, cresce a vida. Milhares de batidas do coração,
levando o sangue, a vida é viva.

Milhares de máquinas, milhares de produtos são
transportados, milhares de embarcações a cortar rios e mares,
até uma canoa em algum rio, ou uma jangada nas ondas do
mar.
Milhares de rochas são transformadas. Milhares de risos,
sorrisos e choros. Milhares de frustrações e contentamentos.
Milhares de gastos, consumo e milhares de lixos, poluição.

Milhares de relógios com seus ponteiros em passeio pelo
tempo. E os digitais fazendo contagem de números. Milhares
de movimentos: dos dedos, dos braços...

Milhares de lâmpadas se apagam e milhares acendem mesmo velas, fogueiras e até vaga-lumes.
Milhares de animais nos parques, matas, nos zoológicos. Milhares de pingos descem em viagem para fazer uma chuva, uma garoa. Milhares de flocos de neve vagando descem, e os vapores que sobem, fazendo os ciclos das estações.

Milhares de alimentos preparados e saboreados, também milhares de bocas famintas. Milhares de insetos, vermes, seres microscópicos em viagens pela nossa terra. Milhares de esgotos, correntes, minas, bicas, córregos, rios, fontes. Milhares de pinturas e quadros, e o seu cachorro que late, e o seu gato que mia.

Milhares de sirenes, campainhas, alto falantes, apitos e buzinas. Milhares de pessoas apressadas; milhares de cigarros, bebidas e drogas. Milhares de hospitais e doentes em muitos acidentes.

Milhares de potencias e energias que movimentam tudo. Milhares de estrelas e galáxias, corpos luzentes, meteoros, meteoritos, cometas... Milhares de bilhões de células se formam, milhares de átomos a compor a matéria. A luz e a sua velocidade num segundo. A nossa terra gira; o nosso sol viajando. Não estamos parados, sintamos a vida pelo menos num segundo.

Sidney C. Franco

sidneyfranco7@gmail.com